ARMAND V...

POÉSIES

HUMOURISTIQUES

LES FRELONS — L'INTRIGANT — LE POSEUR
— VANITÉ — L'OR — L'HOMME — LE MONDE
— AVIS — APOLLON

Prix : 50 cent.

PARIS
EN VENTE CHEZ LES PRINCIPAUX LIBRAIRES

1868

POÉSIES HUMOURISTIQUES

Frelons.

—

J'aime à voir butiner la diligente abeille,
    Emblème du travail humain ;
J'aime à voir, en été, dans la plaine vermeille,
    Ce trésor ailé du matin.
Mais, comme oisiveté, j'abhorre en la nature
    Les vils et rapaces frelons
Qui, par droit du plus fort, s'en viennent, troupe impure,
    Piller, manger ses blancs rayons.
Telle la vie humaine et les rudes visites,
    Chez les hommes aux durs labeurs,
De mille impurs frelons, de mille parasites
    Qui s'engraissent de leurs sueurs.
Car l'homme qui travaille est semblable à l'abeille
    Qui de fleurs compose son miel ;
Et commun est leur sort si leur tâche est pareille :
    Tous deux sont abreuvés de fiel.
Hélas ! hélas ! pourquoi, dans les ruches humaines,
    Pourquoi voit-on tant de frelons,
Tant de frelons hideux et de guêpes vilaines
    Venir gaspiller leurs rayons ?

L'Intrigant.

—

S'il est au monde un monstre odieux, exécrable,
    Hardi, souple comme un serpent
Qui se cache sous l'herbe, aux coups invulnérable,
    Amis, c'est le vil intrigant.
J'excuse, non je plains tout homme qui mendie
    Quand il a pour raison la faim ;
Quand le besoin le pousse et que son ventre crie
    Implorant un morceau de pain.
Oh ! riche, alors donnez : le pauvre est votre frère,
    Il l'est de par la sombre mort
Qui vient tout niveler de sa faulx meurtrière,
    Dans l'inégalité du sort.
Mais je ne puis souffrir cette ignoble bassesse
    D'un homme, s'estimant bien né,
Et qui rampe à plat ventre, et, fort de sa souplesse,
    Pose en dédaigneux fortuné.
A l'entendre, il ne doit qu'à son rare mérite
    Et sa fortune et ses galons :
Mais Dieu sait quel pédant, quel coureur émérite
    Il fut de salons en salons.

Dieu sait ce qu'en sa ruse il a d'hypocrisie
    Et combien maigre est sa vertu ;
Par quels sombres degrés, l'âme basse, avilie,
    Aux honneurs il est parvenu.
Mais qu'importe aujourd'hui, s'il est riche, on le loue,
    On l'adule en petit César,
Quand à la face il peut vous jeter de la boue,
    De l'essieu brûlant de son char.
Quoi de plus insolent que l'heureux de la veille
    Avec ses airs de grand seigneur,
Qui chevauche en foulant les sots qu'il émerveille,
    Dans le dédain d'un empereur ?
Mais ainsi va le monde où la foule est sans flamme
    Pour la vertu dans les revers,
Et n'a de force au cœur et de chaleur en l'âme
    Que pour le vice et ses travers.

Le Poseur.

—

Aux champs et dans les villes
Et partout où l'on vit,
On voit des imbéciles
Qui se croient de l'esprit.

Est-il rien d'insipide
Comme le ton frondeur
De cet être stupide
Que l'on nomme poseur ?

Tel pose pour le *torse,*
Dit-on vulgairement ;
Et qu'a-t-il ? rien, l'écorce
D'un mérite apparent.

Cependant on l'admire,
A l'en croire, en tout lieu,
Pour lui seul on soupire ;
Que de succès, bon Dieu !

Quand il parle ou qu'il fume,
De *chic* il est pourri ;
Quand il bat le bitume,
Vous êtes ahuri !

Le verbe le plus neutre
Est moins irrégulier
Que n'est, sous son grand feutre,
Notre particulier.

Vous avez vu la lune ?
Il a vu le soleil !
Toujours il en conte une
Qui n'a rien de pareil.

Ah ! quelle peste d'homme,
Sans nulle charité,
Sans cesse il vous assomme
De sa fatuité.

Le monde est ridicule
Et plein de sottes gens ;
Le mauvais grain pullule,
Ainsi fut de tout temps.

Vanité.

Vanité, vanité, vice des cœurs de femme,
    Des cœurs qui n'ont rien de viril,
Qui promène au grand jour les bassesses de l'âme,
    Qu'à mes yeux ton esclave est vil !
Qui rend vain ce roseau qui porte le nom d'homme :
    Est-ce parce qu'il est bien mis ;
Qu'il est beau, reluisant, qu'il est riche ou se nomme,
    Comte, baron, duc ou marquis ?
Non, il n'a point sondé l'abîme de notre être
    Celui qu'un vain nom rend hautain ;
Celui qui, dédaigneux de son char, veut paraître
    Aux yeux du monde plus qu'humain.
Il est fat, de quel droit ? du droit de la sottise
    Qui le déborde à son insu ;
Plus il veut s'élever, plus il se rapetisse
    Du faux éclat de sa vertu.
Quel mérite a-t-il eu d'être né dans l'hermine :
    Le seul mérite du hasard ;
Et ce titre suffit, en sa molle origine,
    Au froid mépris de son regard.

Il ignore, insensé, que l'âme qui rayonne,
    En sa noble simplicité,
Est la seule grandeur que le peuple pardonne
    A notre pauvre humanité.
Ah ! c'est pitié, grand Dieu ! Dans cette vie amère,
    Pourquoi naissons-nous inégaux ?
Pour un berceau doré, pourquoi tant de misère,
    D'affront sur d'innocents berceaux ?
Il semble que ton œuvre, ô Créateur suprême,
    Accuse un sombre repentir,
Et que tu fis la mort en dépit de toi-même
    Pour venger ce noir souvenir.
Mais l'homme est plus méchant : barbare en sa sagesse,
    Il blasphème la liberté,
Et veut jusqu'en la mort, en la mort vengeresse.
    La hideuse inégalité.

L'Or.

—

Qui donc a dit que l'or n'était qu'une chimère,
    Quel est cet homme audacieux ?
Quel qu'il soit, ce mortel injuste et téméraire
    En a menti de par les dieux.
S'il est en ces bas lieux un pouvoir tyrannique,
    Un joug hideux mais souverain,
C'est bien le joug de l'or dont le culte cynique
    A pour autel le cœur humain.
Comme devant ce dieu l'homme étroit s'humilie ;
    Qu'il est vil dans son impudeur ;
Infâme quand au crime, à la honte il se lie
    Et lui vend jusqu'à son honneur !
C'est l'or qui le premier arma les parricides ;
    C'est pour de l'or que les tyrans
Boivent le sang du peuple et se font régicides :
    Car l'or est l'âme des méchants.
Demandez à la nuit, quand sa prêtresse infâme
    Erre dans les noirs carrefours,
Pour quel trafic honteux elle a vendu son âme
    Et livré ses impurs amours.

C'est l'or, c'est l'or encor, qui chaque jour du crime
    Va peupler les noirs arsenaux ;
Et c'est l'or qui rougit, châtiment légitime,
    Le pied sanglant des échafauds.
L'or, ô corruption ! c'est la foi politique,
    Le nœud sacré de nos serments.
C'est l'or que suit le vent de la faveur publique ;
    L'or qui fait les honnêtes gens.
C'est l'or que l'on encense et l'or que chacun loue
    Dans un superbe scélérat ;
C'est l'or qui fait un dieu de la fange et la boue,
    Car tout rayonne à son éclat.
L'or est l'arbre maudit, l'arbre de tous les crimes,
    Arbre gigantesque du mal,
Qui sur son tronc pourri secouant ses victimes
    Les plonge en l'abîme infernal.
O pauvre, de cet or garde-toi, vis paisible :
    L'humble vertu sous le haillon
Est le seul or qui brille au soleil invisible
    Dont notre âme est un vil rayon.

L'Homme.

—

L'aigle est ami de l'aigle, en ami qu'on renomme
    Le lion est roi des déserts ;
Et seul être ici-bas l'homme est jaloux de l'homme,
    L'homme à l'homme forge des fers.
De là ces murs, ces tours, ces forts à triple enceinte
    Dont notre globe est hérissé :
OEuvre barbare, impie, au front de sang empreinte,
    Où la main de l'homme a passé.
Et la guerre ou la mort, le canon, la mitraille,
    L'homme contre l'homme équipé
Sous le plomb ou l'acier tombe au champ de bataille,
    Par la main de l'homme frappé.
O fureur de la guerre ! ô fléau fratricide !
    L'homme à l'homme donne la mort,
Pour qu'en son antre obscur boive un tyran stupide
    Leur sang dans une coupe d'or.
Comme une hydre le trône a besoin de victimes,
    Car la pourpre est couleur de sang,
Et l'éclat du pouvoir fait pardonner les crimes
    A qui s'assoit au premier rang.

Ainsi, le corps fumant, l'ardente Renommée
    N'est le partage que du bruit;
Et le héros qui meurt dans l'oubli de l'armée
    Se perd dans l'ombre de la nuit.
Malheur ! malheur ! Hélas, quand si courte est la vie,
    Pourquoi de moitié l'abréger ?
Pourquoi faut-il sans cesse, ô discorde ennemie,
    Voir les hommes s'entr'égorger ?
La guerre est-elle, ô Dieu ! sur ce globe de larmes,
    Une dure nécessité ;
Et l'homme doit-il vivre, au milieu des alarmes,
    En haine de l'humanité ?
Vertu, philosophie, ô lumière ! ô sagesse !
    Eh quoi ! vous n'êtes qu'un vain mot ;
Bienheureux si de l'homme en son âpre rudesse
    La raison ne faisait qu'un sot.

Le Monde.

—

A trente ans l'on est homme, on sait ce qu'est le monde,
    Lorsque mûri par les revers
On tient plus au néant qu'aux perles de Golconde
    Et qu'à tout l'or de l'univers.
Pourquoi ? c'est qu'on a vu ce que c'est que la vie :
    Quelque chose de plus amer
Qu'au plus tendre palais une sordide lie
    Ou le flot salé de la mer.
Hélas ! c'est qu'on a vu sans cesse, chose étrange,
    Ramper le pauvre vertueux ;
C'est qu'on a vu briller, les deux pieds dans la fange,
    Le front du méchant orgueilleux.
Qu'importe que le corps soit noyé dans la boue,
    Qu'on ait l'âme d'un scélérat,
Pourvu que la Fortune ait fait tourner sa roue
    Et qu'on ait l'or d'un potentat.
Car le plus vil coquin est parfait honnête homme
    S'il a maison, chevaux, laquais ;
Qu'importe le passé s'il peut dormir son somme
    Dans l'or d'un somptueux palais.

Honte ! corruption ! ô poison de la vie,
    L'intérêt seul fait notre loi,
Et l'or est le seul dieu pour qui l'on sacrifie
    Son repos, son âme et sa foi.
Et l'on dit que ce monde impie est ton ouvrage
    O Dieu suprême ! ô Dieu vengeur !
Et tu souffres, Dieu bon, cet éternel outrage
    De l'homme envers son Créateur.

Avis.

—

Tu demandes avant d'affronter ta carrière,
    O jeune, innocent bachelier,
Ce qu'il faut pour monter et paraître en lumière
    Au plan de ce monde ordurier.
Calme pour un instant ce beau feu qui t'enflamme,
    Ecoute : Es-tu souple des reins ?
Sais-tu ramper, as-tu de la bassesse en l'âme,
    Du poil dans la paume des mains ?
Sais-tu dissimuler et souffrir qu'on te joue ;
    Sans que rougisse ton beau front,
Supporter maint soufflet d'une insensible joue ?
    Tu sais dévorer un affront.
Oh ! marche, marche alors, pour toi la route est sûre :
    La honte aplanit le chemin ;
Mais malheur à celui qui, sensible à l'injure,
    Veut secouer son joug d'airain.
Celui-là, bafoué, sera mis à la chaîne,
    Et, maltraité comme un forçat,
Traînera le boulet de la sottise humaine,
    Roulera sous les pieds d'un fat.

Qui ne sent, à l'aspect d'une telle impudence,
  La rougeur lui monter au front ?
Et du faible écrasé, sans pitié, sans défense,
  Qui ne voudrait venger l'affront ?
Eh bien ! voilà, jeune homme au cœur plein d'espérance,
  Voilà contre quel triste écueil,
Si tu ne sais courber la tête sous l'offense,
  Viendra se briser ton orgueil.
Et tu verras pâlir, sous une lourde chaîne,
  L'astre de ton brillant matin,
Tandis que tout prospère à l'âme qui se traîne
  A la remorque d'un faquin.

Apollon.

Hélas ! si tout fleurit, tout aussi dégénère :
    Jouet du sort injurieux,
Hélas ! qu'est devenu, dans nos temps de misère,
    Le langage immortel des dieux ?
Le temple d'Apollon, dont on souille la dalle,
    N'est plus qu'un *forum* odieux,
Rempli de faux docteurs qui prêchent la cabale,
    Se croisent en nains furieux.
L'Hippocrène si pure, à la source divine,
    Roule aujourd'hui des flots boueux,
Et le pauvre Pégase, en rosse qu'on échine,
    Se traîne poussif et boîteux.
Si j'étais Apollon, mon bras, dans ces huées,
    S'armerait d'un fouet vengeur
Et purgerait mon temple et mes dalles sacrées
    De toute insolente clameur.

Bar. — Typ. L. Guérin et Cᵉ.

www.ingramcontent.com/pod-product-compliance
Lightning Source LLC
LaVergne TN
LVHW010210060726
842524LV00005B/2100